Date: 12/5/16

**SP E GENECHTEN
Genechten, Guido van,
Porque eres mi amigo /**

El nombre de mi mejor amigo es:

....

Traducido por Diego de los Santos

Título original: *Omdat je imjn vriendje bent*
© Editorial Clavis Uitgeverij, Hasselt-Amsterdam, 2007
© De esta edición: Grupo Editorial Luis Vives, 2015

Edelvives Talleres Gráficos. Certificado ISO 9001
Impreso en Zaragoza, España

ISBN: 978-84-263-9380-7
Depósito legal: Z 1808-2014

Guido van Genechten

Porque eres mi amigo

EDELVIVES

Osito y su mamá siempre estaban juntos.

Se despertaban juntos y se levantaban juntos.

Iban juntos a pescar y juntos comían deliciosos peces.

Jugaban juntos durante horas, ellos dos solos.
Y a la hora de dormir, mamá se acostaba con él.

Siempre había sido así, pero Osito fue creciendo.

Un día que estaban los dos pescando, mamá dijo:

—¿Te apetece probar un juego nuevo?

Osito miró a su mamá con curiosidad.

—El juego se llama «Encuentra a un amigo» y se juega así
—añadió mamá—: Cuando encuentres a alguien que te caiga bien,
te presentas y le preguntas: «¿Quieres ser mi amigo?».
—Bah, qué fácil —dijo Osito.

Osito se puso a dar vueltas e hizo como que buscaba.

Se plantó delante de su mamá y dijo, muy contento:

—Hola, me llamo Osito. ¿Quieres ser mi amiga?

Mamá sonrió y contestó:

—Bobo, nosotros ya somos amigos.

—Entonces... ¡ya tengo una amiga! —dijo Osito.

—Eso es —respondió su mamá con una sonrisa—.

Pero en este juego tienes que buscar nuevos amigos.

—Oh —dijo Osito. Quería intentarlo.

A lo mejor acababa siendo un juego divertido...

El primer animal que encontró fue una gaviota.
Estaba sentada en un poste y parecía simpática.

—Hola, me llamo Osito. ¿Por casualidad te gustaría
ser mi nueva amiga?

La gaviota chilló y se alejó batiendo las alas.

—A lo mejor no le caigo bien... —dijo Osito,
y suspiró, decepcionado.

Pero no se rindió tan fácilmente.

Vio a una foca que había salido a respirar aire fresco.

—Hola, me llamo Osito. ¿Quieres ser mi amiga?

—¡Claro, ven a nadar conmigo por debajo del hielo!

—exclamó la foca.

Pero a Osito no le apetecía. Debajo del hielo estaba
demasiado oscuro...

Osito siguió buscando. En cuanto pasó la colina vio
una hilera de pingüinos que caminaban bamboleándose.
Se les acercó y les dijo:
—Hola, soy Osito. ¿Alguno de vosotros quiere ser mi amigo?

Todos los pingüinos se giraron al mismo tiempo
y se pusieron a discutir:

—¡Yo!

—¡Yo!

—¡No, yo!

Vaya, todos tenían tantas ganas de ser sus amigos que empezaron a pelearse.

—Lo siento mucho —murmuró Osito, y se fue a toda prisa.

A lo lejos, Osito vio algo grande que se movía.

Con muchas esperanzas (y también un poco asustado) se acercó.

Era una morsa.

—Hola —dijo, vacilante—. Me llamo Osito. ¿Quieres
ser mi amiga?

—Hola, Osito —contestó la morsa entre colmillo y colmillo—.
Eres muy amable, pero soy vieja y me flaquean las aletas.

—Pero deslízate por mi espalda. Vamos, ¿te atreves a probar?

La morsa no tuvo que decirlo dos veces.

Osito bajó deslizándose con un rugido.

Y bajó otra vez. Y otra más.

—¡Qué divertido!

—Pásate a verme cuando quieras

—propuso la morsa cuando Osito se marchaba.

—¡De acuerdo! —le prometió Osito.

Osito se quedó pensando en todo lo que le había pasado.

—Eh... hola —dijo alguien tímidamente a su espalda.

Osito se giró y vio a otro osito polar, como él.

—Hola, soy Manchitas... —comenzó a decir el oso polar.

—¿Te gustaría ser mi amigo? —dijo Osito acabando la frase.

Los dos se echaron a reír y se pusieron a jugar.

Así fue como se conocieron Osito y Manchitas,
dos osos que se convirtieron en mejores amigos.
Tenían muchas cosas que contarse.
Durante horas estuvieron jugando a…

súbete-al-trono

sujeta-el-cubo

cabezabolas-de-nieve

desliza-al-oso

espalda-contra-espalda

salto-del-oso

De vez en cuando, mamá jugaba con ellos
y Osito le preguntaba:

—Mamá, ¿podemos jugar al tiovivo
de los amigos?

Un segundo después, Osito y Manchitas
daban vueltas por los aires mientras
gritaban a coro:

—¡Estoy muy contento
porque eres mi amigo!